Fabio Cinnque

CINNQUE

CINNQUE

ISBN 9783758304101

Übersetzung: MMag. Simone Kellner
Lektorat Deutsch: MMag. Simone Kellner
Lektorat Italienisch: Ilaria Fregni, B.A., M.A.
Coverdesign: Fabio Cinnque
Satz & Layout: Thomas Auer

Herstellung und Verlag: BoD – Books on Demand, Norderstedt

Bibliografische Information der Deutschen Nationalbibliothek: Die Deutsche Nationalbibliothek verzeichnet diese Publikation in der Deutschen Nationalbibliografie; detaillierte bibliografische Daten sind im Internet über dnb.dnb.de abrufbar.

„Hat ein Buch ohne Social-Media-Präsenz des Autors Chancen auf dem Markt?"
„Kann ein einziges Schaufenster Einfluss auf den Erfolg eines Werkes nehmen?"

Diesen Fragen gehen wir nach.

Mein Name ist Fabio. Ich bin Autor dieses Buches und Verfechter eines postingfreien Schriftstellerlebens. Vor diesem Werk gab es im Internet keinerlei Erwähnung meiner Person. Von mir aus wird das auch so bleiben. Ich schreibe gerne, scheue aber die Öffentlichkeit. Das macht mich für diesen Versuch so interessant. Als Ausgangspunkt hat uns der Brillenmacher in der Innsbrucker Riesengasse während der Vorweihnachtszeit seine Auslage zur Verfügung gestellt. Herzlichen Dank :)

…

Seit ich von dieser Gelegenheit erfahren habe, ertappe ich mich öfters beim Träumen.

WER KÖNNTE STEHEN BLEIBEN?

Beispiel: eine Lehrperson aus Italien
Beispiel: ein Ladenbesitzer aus einer Nachbarregion
Beispiel: ein heimischer Künstler
Beispiel: eine Stadtplanerin
Beispiel: eine Nachwuchsautorin
Beispiel: ein Brillenliebhaber

Beispiel: eine Mutter mit Kinderwagen
Beispiel: ein Schauspieler

…

WAS KÖNNTEN SIE DENKEN?

Beispiel: Hoffentlich ist das Werk so offengehalten, dass es als Thema in den Unterricht einfließen kann.
Beispiel: Ich könnte auch einen Teil meiner Auslage einem Künstler überlassen.
Beispiel: Ich werde mal fragen, ob ich da ausstellen kann.
Beispiel: Gut, dass wir vor Monaten die Gasse neu gepflastert haben.
Beispiel: Man muss vielleicht gar nicht an der Front stehen, um ein Buch zu vermarkten.
Beispiel: Mal reinschauen.
Beispiel: Hoffentlich komme ich wieder mehr zum Lesen.
Beispiel: Erfolg braucht eine Bühne.

…

REBECCA, EINE SIMULATION

Wenn man ‚Cinnque‘ auf sein Cover schreibt, hat man etliche Personen getriggert. Noch dazu, wenn das Wort in einer Auslage steht. „Das ist ja falsch", werden viele meinen. In Wahrheit ist es eine Kombination aus dem italienischen Wort für ‚fünf‘ und dem Namen eines Flusses, der durch die Nordtiroler Hauptstadt fließt. Eine Wortschöpfung, um bei Google-Suchen vorn dabei zu sein, ohne eine Vielzahl an Parametern beachten zu müssen. Unsere Lehrkraft, ich nenne sie Rebecca, hat diese Absicht erkannt. Sie versetzt sich in den Autor, der im Vorfeld versuchte, ihre Gedankengänge zu simulieren. Sie kauft das Buch, setzt sich in ein nahe gelegenes Café und liest. Dabei glaubt sie, nicht nur sich selbst, sondern auch ihre Schülerinnen und Schüler in der Zielgruppe des Werkes wiederzufinden. Ihr gefällt der Gedanke, ihre Klasse in Gruppen aufgeteilt, ein Schaufenster gestalten zu lassen. Darüber hinaus fragt sie sich, ob die Erstellung eines 10-Minuten-Buches als Projekt im Unterricht gut ankommen würde. Sie möchte sich mit den Heranwachsenden darüber austauschen und gerne Themenvorschläge entgegennehmen.

@Rebecca
Es war eine neue Erfahrung, im Hochsommer ein Cover für die Weihnachtszeit zu gestalten. Dieses Projekt stellt so einiges auf den Kopf. Es ist von sehr viel positiver Energie begleitet und öffnet den Spielraum für neue Möglichkeiten.

JÖRG, EINE SIMULATION

Die Märchenfiguren führten einen Vlogger 50+ aus unserem nördlichen Nachbarland in die Gasse des Schaufensters. Ihm kam bei dessen Anblick seine Nichte in den Sinn. Sie hat sich vor Jahren aus persönlichen Gründen von allen Social-Media-Plattformen verabschiedet. Inzwischen schreibt sie wundervolle Geschichten auf Papier. Er ist einer der wenigen, der diese zu Gesicht bekommt. „Vielleicht wachsen Inseln für sanften Erfolg", meinte er. Jörg hat zwei Exemplare gekauft.

MAKING-OF:
COVER

Im Jahr 2020 entstand mit der rückseitigen Kamera eines iPhone 6s das Ausgangsfoto für das Cover. 1175 Tage später erhielt es mit Hilfe einer auf AI-basierten App sein Schaufensterkleid.

MAKING-OF:
WUNSCHIMPRESSUM

Lektorat
Korrektorat
Übersetzung
Übersetzungslektorat
Gestaltung & Layout

@Rebecca
Die Vorlaufkosten sind immer dieselben. Egal, wie viele Buchexemplare in Umlauf kommen.

DANIELA, EINE SIMULATION

Daniela weiß seit geraumer Zeit um die Magie dieses Schaufensters. Vor einigen Monaten betrachtete sie in ihm eine farbenprächtige Darstellung der Gefiederten Schlange. Die Interpretation dieses mythischen Motivs war in zwei unterschiedlichen Druckvarianten ausgestellt. Einmal war es auf einer hochwertigen Leinwand im Format 60 x 85 cm, eingefasst in einen Schattenfugenrahmen, zu sehen. In seiner zweiten Version präsentierte sich das Faksimile des Originals auf einem sehr guten Kunstdruckpapier (300 g) als Pigmentdruck mit Goldüberdruck im Siebdruck. Dieser wurde samt passendem Passepartout in einen schwarzen Hochglanzrahmen gesetzt. Seit damals spaziert sie gelegentlich bewusst durch diese Gasse und schaut, ob es etwas Neues gibt.

@Rebecca
Einige Hausbewohner sind verreist. Die daraus resultierende Stille in meiner Wohnung ist ein wohltuender Parameter für diesen Schreibprozess. Ich selbst verzichte für die Chance dieser Buchpublikation vorerst auf einen Urlaub.

MAKING-OF: MOTIVATION

Eine Geschichte zu schreiben ist mehr als ein paar Stichworte in ein technisches Gerät zu sprechen und auf das Ergebnis zu warten. Es ist die Emotionalität, die damit in Verbindung steht. Wenn ich an einem Buch werke, verschieben sich Lebensparameter. Es ist die Feinsinnigkeit meiner Gefühle, die mit einer kreativen Schaffensperiode einhergeht.

ALTERNATIVE EINNAHMEQUELLEN FIKTIV EXEMPLARISCHE TEILEINSICHTEN

Es folgen zwei Kurzbeiträge, die in dieser Art hätten stattgefunden haben können.

DAS MEMORY

„Hilfst Du mir bei einem Geschenk?"
Eine Bekannte von mir war auf der Suche nach einem Geschenk für ihre Nichte. Es sollte analog und frei von jegli-
chem Stromverbrauch sein. Ich schlug ihr vor, dass wir ein
Foto-Memory gestalten. Positive Bildassoziationen könnten
dem Kind ein Lächeln ins Gesicht zaubern. Zumal hinter
jedem Motiv eine wunderbare Geschichte steht, die nur da-
rauf wartet, erzählt zu werden. Für meine Mitarbeit erhielt
ich unerwartet eine kleine Zuwendung für dieses Kreativprojekt.

DAS PUZZLE

„Würdest Du für mich nach Venedig fahren?"
Dieser Wunsch wurde, verbunden mit einem Spezialauf-
trag, von einer sehr sympathischen älteren Dame an mich
herangetragen. Ich sollte zeitversetzt einen der glücklichsten
Momente ihres Lebens fotografisch festhalten. Sie wollte die
Aufnahme eines ganz speziellen Blicks von der Ponte dell'Accademia, den sie mir mit leuchtenden Augen eindrücklich
beschrieb. Es handelte sich um die architektonische Kulisse
des Heiratsantrages, den sie von ihrem inzwischen verstor-
benen Gatten an dieser Stelle erhalten hatte. Daraus sollte
ein Puzzlespiel entstehen. Sie wollte die Erinnerungen an
einen der magischsten Augenblicke ihres Lebens Stück für
Stück nachbauen. Ich sagte natürlich zu, um ihr diesen Her-
zenswunsch zu erfüllen. Zu meinen Spesen erhielt ich einen
ansehnlichen Beitrag für dieses Kreativprojekt.

@Rebecca

Als Schule würde ich versuchen, das Projekt im Lehrerkollegium so zu definieren, dass es über das Bildungsprogramm der Europäischen Union gefördert wird. Vielleicht könnt ihr es ja mit einer Klassenfahrt verbinden.

EIN HUND, SIMULATION

Ein Hund kommt mit seinem Herrchen an der Leine am Schaufenster vorbei. Ursprünglich wollte er an dieser Stelle urinieren. Doch er lässt davon ab. „Es gibt vieles, auf das man pissen könnte. Aber dieses Schaufenster gehört mit Sicherheit nicht dazu", sagte er zu sich selbst. Er spannte die Leine, ging ein gutes Stück weiter und hob dort sein Bein.

HEIKE UND SAMIRA, EINE SIMULATION

Samira und Heike haben sich mit einer Tasse Punsch von ihrer Gruppe entfernt. Sie wagen einen Abstecher in eine Seitengasse abseits des Haupttouristenstroms. Vorbei an Riesen, mit Frau Holle im Blick stoppen sie bei unserem Schaufenster. Ihm gilt ab nun ihre Aufmerksamkeit. Es ist hübsch dekoriert und beinhaltet eine Geschichte, deren Appetizer hinter einem QR-Code steht. Sie fragen sich: Kann ein Füllhorn über einem Büchlein schweben, dessen Start ein einziges Schaufenster ist? Beide haben sich ein E-Book geschnappt und wollen ihren Freunden vom Hintergrund der Publikation erzählen.

LUCA, EINE SIMULATION

Wie war das bei dir in jungen Jahren? Hattest du auch diesen immensen Druck zu entscheiden, welches Wort du als Erstes sagst? Erwachsene sind da wertend. Meine beiden Elternteile versuchen, mich jeweils auf ihre Seite zu ziehen. Mein Vater macht einen auf Kumpeltyp. „Komm Luca, sag einmal ‚Papa‘.“ Meine Mutter setzt auf Wortwiederholungen. „Mama, Mama, Mama.“ Das Spiel geht schon eine ganze Weile und wird von meiner Großmutter kommentiert. „Es ist nicht normal, dass der Junge immer noch nicht spricht, in seinem Alter.“ Das hat jetzt ein Ende. Sie haben mich in meinem Kinderwagen in einer Märchengasse vor dieses Schaufenster gestellt. Das ist ein Zeichen. „Cinnque“, sage ich voller Inbrunst und strecke meinen Zeigefinger in Richtung Buch. Ein älterer Mann findet das bemerkenswert. „Scheint ja früh entwickelt zu sein, ihr Kind.“

NORA, EINE SIMULATION

Nora war auffallend elegant gekleidet. Als hätte sie etwas Besonderes vor. Sie telefonierte. Ihrem Lächeln zufolge mochte sie die Person, mit der sie sich unterhielt. Sie schien sichtlich in das Gespräch vertieft. Gleichzeitig ging sie schnellen und festen Schrittes mit ihren Lieblingspumps durch eine Gasse, die vor Monaten noch eine Baustelle war. Der Boden hatte neue Pflastersteine bekommen. Für einen kurzen Moment schien Nora abgelenkt. Sie übersah ein Kanalgitter. Ihr linker Fuß stoppte abrupt und sie drohte zu überknöcheln. Es war Glück im Unglück, dass der Schuhabsatz brach und somit Druck aus der Gefahrensituation nahm. „Ich rufe dich zurück", sagte sie und beendete das Gespräch, ehe ihr ein „Fuck" über die Lippen kam. „Alles in Ordnung bei Ihnen?", fragte eine Passantin. „Na klar, die Frau von heute hat immer Ersatzschuhe dabei", entgegnete Nora mit einem Schmunzeln und holte tatsächlich ein Paar aus einer Einkaufstasche hervor. Diese waren ursprünglich als Geschenk für ihre Zwillingsschwester gedacht. Stark entschleunigt setzte sie ihren Weg fort. Plötzlich leuchtete sich ein Schaufenster in ihren Fokus, in dem schicke Brillenmodelle ausgestellt waren. Der eben erlebte Schreck war vergessen. „Bei Schuhen und Brillen wird nicht gespart", sagte sie zu sich selbst und machte sich auf in das Ladeninnere.

BIOGRAFIE EINER NAMENSGLEICHHEIT

Im Netz ist ein Mensch, der so heißt wie ich. Er scheint Social-Media-affin zu sein.
Es wäre paradox, der Überlegung nachzukommen, das Buch unter meinem bürgerlichen Namen zu publizieren. Es wird unter einem Pseudonym erscheinen.
Sein offizieller Autor startet mit 0 Followern im Netz und 0 Followern im realen Leben. Was solls. „Neues Projekt, neue Brille." So schlüpfe ich in die Vorstellung eines Charakters, den es bislang nicht gab. Aus Gründen der Bequemlichkeit werde ich mich so wie das Buch nennen. Es ist nicht leicht, Wörter zu kreieren, die im Netz noch nicht existieren. Ich bin Fabio Cinnque. Das ist ein Wortspiel, entstanden aus der Kombination einer Hausnummer und dem Namen eines Flusses, der unsere Stadt durchquert.

COVERBLICK

Zwischenzeitlich klopfte der ein oder andere Zweifler an meine innere Tür. Kann man es unter diesen Voraussetzungen überhaupt schaffen, kostendeckend zu sein? Schließlich muss ich dieses Experiment selbst finanzieren. Sobald solche Gedanken Einlass begehren, schaue ich auf das Cover und jegliche Unsicherheit ist wie weggewischt.

RAUMDUFT

Ein Raumduft namens „La Luna" begleitet meine positiven Gedanken. Er gibt mir Energie und Frohsinn für den kalkulatorischen Teil dieses Werks. Diesen möchte ich mit dir jetzt durchspielen. Wie du weißt, ist das Making-of des Buches seine selbst erzählte Geschichte.

DER STARTHUNDERTER

In meiner Wohnung lag in einer mit Intarsien versehenen Holzschatulle ein 100er. Dieser in Rede stehende Geldschein trägt die Nummer EA5953893184. Allein durch seine Erwähnung im Buch ist er ein Mehrfaches wert. Deshalb wanderte er in ein Schließfach. Den Gegenwert seiner Ausgabesumme entnehme ich meinem Münzglas. Mit diesem Betrag starte ich das Rechenfenster meines individuellen 10-Minuten-Buches. Ich möchte die Vorlaufkosten des Werkes über Drucksorten (re-)finanzieren. Eine naheliegende Variante zum Start wären Kunstkarten, deren Frontseite das Cover ziert.

@Rebecca
Ich wünsche dir viel Spaß bei den eingehenden Vorschlägen
und ihren Finanzierungs-modellen.

MAKING-OF:
PHILOSOPHIE

Dieses Werk beinhaltet den Versuch, Menschen auf 10-Mi-
nuten-Bücher hinzuweisen. Ihr Konsum lässt sich relativ
einfach in den Alltag integrieren.

Nimm dir 10 Minuten Zeit, ich möchte dir gerne mein Thema
näherbringen.

CINNQUE

«Un libro può avere delle chance sul mercato anche se l'autore non è presente sui social media?»
«Un'unica vetrina può influire sul successo di un'opera?»

Sono queste le domande che andremo ad approfondire.

Mi chiamo Fabio. Sono l'autore di questo libro e promuovo una vita da scrittore priva di post. Prima di questo lavoro, non c'era alcuna menzione della mia persona su internet e, per quanto mi riguarda, le cose possono rimanere come sono. Mi piace scrivere ma evito il pubblico, il che mi rende un candidato particolarmente interessante per questo esperimento. Il nostro punto di partenza è il Brillenmacher, un ottico nel vicolo Riesengasse a Innsbruck, che ci ha messo a disposizione la sua vetrina durante il periodo prenatalizio. Grazie mille :)

…

Da quando sono venuto a sapere di questa opportunità, mi sono spesso ritrovato a sognare.

CHI POTREBBE FERMARSI?

Esempio: un'insegnante dall'Italia
Esempio: un proprietario di un negozio di una regione limitrofa
Esempio: un artista locale
Esempio: un'urbanista
Esempio: una giovane scrittrice

Esempio: un appassionato di occhiali
Esempio: una madre con la carrozzina
Esempio: un attore

...

CHE COSA POTREBBERO PENSARE?

Esempio: speriamo che il libro abbia un approccio abbastanza aperto da essere trattato in classe.
Esempio: anche io potrei mettere a disposizione una parte della mia vetrina a un artista.
Esempio: magari chiederò se posso esporre qui.
Esempio: meno male che abbiamo lastricato questo vicolo mesi fa.
Esempio: potrebbe non essere necessario stare in prima linea per commercializzare un libro.
Esempio: darò un'occhiata.
Esempio: spero di tornare a leggere di più.
Esempio: il successo ha bisogno di un palco.

...

REBECCA, UNA SIMULAZIONE

Chi scrive ‹Cinnque› sulla propria copertina fa scattare qualcosa in molte persone, soprattutto, se la parola è esposta in una vetrina. «Qui c'è un errore», molti penseranno. In realtà, si tratta di una combinazione della parola italiana ‹cinque› e del nome del fiume che attraversa la capitale del Tirolo del Nord. Una creazione di parole, per far sì che appaia tra i primi risultati nelle ricerche su Google senza dover considerare un'infinità di parametri. La nostra insegnante, la chiamo Rebecca, ha riconosciuto questa intenzione. Si immedesima nell'autore, il quale ha cercato di simulare in anticipo i pensieri dell'insegnante. La donna compra il libro, si siede in un bar vicino e comincia a leggere. Crede di ritrovare non solo sé stessa nel gruppo target del libro, ma anche i suoi studenti. Le piace l'idea di dividere la sua classe in gruppi e fargli allestire la vetrina di un negozio. Inoltre, si chiede se creare un libro da leggere in 10 minuti come progetto scolastico possa avere un riscontro positivo in classe. A questo proposito vorrebbe scambiare delle idee con i giovani ed è ben disposta ad accettare suggerimenti su vari temi.

@Rebecca
È stata una nuova esperienza quella di creare una copertina per il periodo natalizio in piena estate. Questo progetto capovolge molte cose. È accompagnato da tantissima energia positiva e crea lo spazio per nuove possibilità.

JÖRG, UNA SIMULAZIONE

Furono le figure fiabesche a portare un vlogger over 50, proveniente dal paese che confina a nord con il nostro, nel vicolo in cui si trova la vetrina. Guardandola gli venne in mente sua nipote che, anni fa, per motivi personali disse addio a tutte le piattaforme di social media. Adesso scrive storie meravigliose su carta. Lui è tra le poche persone che possono leggerle. «Forse vetrine come questa possono essere un palcoscenico che porta al successo», disse Jörg e comprò due copie.

SULLA COPERTINA

Nel 2020, fu scattata la foto originale per la copertina con la fotocamera posteriore di un iPhone 6s. 1175 giorni dopo, con l'aiuto di un'app basata sull'intelligenza artificiale, ha ricevuto il suo look da vetrina.

SULLA COMPOSIZIONE DEI MIEI SOGNI

Revisione stilistica
Correzione
Traduzione
Revisione della traduzione
Grafica & layout

@Rebecca
I costi iniziali di un libro sono sempre gli stessi, indipendentemente dal numero di copie messe in circolazione.

DANIELA, UNA SIMULAZIONE

Daniela conosce la magia di questa vetrina da un po' di tempo. Alcuni mesi fa, ammirò proprio lì una rappresentazione dai colori sgargianti del serpente piumato. L'interpretazione di questo motivo mitico fu esposta in due tipologie di stampa, entrambe come facsimile dell'originale: una su

tela di alta qualità in formato 60 x 85 cm in una cornice
a cassetta americana, e la seconda versione su carta pa-
tinata di alta qualità (300 gr) in stampa a pigmento con
sovrastampa dorata serigrafica. Quest'ultima fu inserita in
una cornice nera lucida con un apposito passepartout. Da
allora, Daniela si ritrova ogni tanto a camminare attraverso
questo vicolo con l'intenzione di vedere se c'è qualcosa di
nuovo.

@Rebecca
Alcuni residenti del palazzo sono andati in vacanza. Il silen-
zio che pertanto pervade il mio appartamento è la condi-
zione ideale per favorire il processo creativo di scrittura. Al
momento, io stesso rinuncio a una vacanza per la possibilità
di pubblicare questo libro.

SULLA MOTIVAZIONE

Scrivere un racconto è più di dettare qualche parola chiave
in un dispositivo tecnologico e attendere il risultato. È l'e-
motività che accompagna questo processo. Quando lavoro
a un libro, la visione della vita cambia. È la mia sensibilità
che va di pari passo con un periodo creativo.

FONTI DI REDDITO ALTERNATIVE UNA PICCOLA
PANORAMICA FITTIZIA ED ESEMPLARE

Seguono due brevi racconti che avrebbero potuto avere luogo in questo modo.

MEMORY

«Mi aiuti con un regalo?»
Una mia conoscente stava cercando un regalo per sua nipote. Doveva essere qualcosa di analogico e senza necessità di corrente elettrica. Le ho suggerito di creare con delle foto il gioco memory. Le associazioni di immagini positive potrebbero accendere un sorriso sul viso della bambina. Soprattutto perché dietro ogni foto c'è una storia meravigliosa che aspetta solo di essere raccontata. Sorprendentemente, ricevetti un piccolo contributo per questo progetto creativo.

PUZZLE

«Andresti a Venezia per me?»
Una signora anziana molto simpatica espresse questo desiderio nei miei confronti, insieme ad un compito speciale. Avrei dovuto scattare a posteriori una foto del luogo testimone di uno dei momenti più felici della sua vita. Voleva catturare una vista molto speciale dal Ponte dell'Accademia, che mi descrisse in modo straordinario e con occhi luminosi. Quello era stato lo scenario architettonico della proposta di matrimonio che suo marito, ormai defunto, le aveva fatto proprio lì. Il risultato desiderato era realizzare un puzzle. Voleva ricostruire i ricordi di uno dei momenti più magici della sua vita, pezzo per pezzo. Naturalmente accettai per esaudire questo suo profondo desiderio. Oltre al rimborso delle mie spese, ricevetti un contributo sostanzioso per questo progetto creativo.

@Rebecca

Come scuola, cercherei di definire il progetto nel Collegio degli insegnanti in modo che sia finanziato dal programma educativo dell'Unione Europea. Forse si può abbinare ad una gita di classe.

UN CANE, SIMULAZIONE

Un cane passò con il suo padrone al guinzaglio davanti alla vetrina del negozio. Inizialmente, voleva urinare proprio lì. Ma poi ci rinunciò. «Ci sono molte cose su cui uno potrebbe pisciare, ma questa vetrina non ne fa certamente parte», disse tra sé e sé. Il cane tirò al guinzaglio, fece alcuni passi in avanti e alzò la gamba lì.

HEIKE E SAMIRA, UNA SIMULAZIONE

Samira e Heike si sono allontanate dal loro gruppo, portando una tazza di punch, per scappare in un vicolo laterale, lontano dal flusso principale dei turisti. Passate davanti ai giganti, personaggi fiabeschi a dimensione naturale, con la Madama Holle della favola dei fratelli Grimm in vista, si fermano davanti alla nostra vetrina nel vicolo Riesengasse, letteralmente «vicolo dei giganti». Da quel momento, questa diventa il centro della loro attenzione. Era addobbata in modo grazioso e conteneva una storia, la cui anteprima si poteva scoprire tramite un QR-Code. Le due ragazze si chiedono: È possibile che la dea bendata sia generosa con questo libriccino, che debutta da un'unica vetrina? Entrambe hanno preso una copia in versione

e-book e vogliono raccontare ai loro amici la storia dietro
la sua pubblicazione.

LUCA, UNA SIMULAZIONE

Come te la sei cavata in giovane età? Anche tu sentivi questa
enorme pressione di dover decidere quale sarebbe stata la
prima parola che avresti pronunciato?
Gli adulti ci tengono molto.
I miei genitori cercano di tirarmi ognuno dalla sua parte.
Mio padre tenta in modo amichevole: «Dai Luca, dì ‹papa›».
Mia madre, invece, punta sulla ripetizione delle parole:
«Mamma, mamma, mamma». Questo gioco va avanti da
un bel po' di tempo e mia nonna lo commenta. «Non è nor-
male che il bambino non parli ancora alla sua età.» Questa
cosa deve finire ora. Mi hanno messo nel mio passeggino
in un vicolo fiabesco di fronte a questa vetrina. È un segno.
«Cinnque», dico con fervore, puntando il mio indice verso
il libro. Un uomo più anziano si stupisce. «Sembra molto
sveglio, suo figlio.»

NORA, UNA SIMULAZIONE

Nora era vestita in modo elegante e vistoso, come se stesse
andando a un appuntamento speciale. Stava parlando al
telefono. Il suo sorriso faceva capire che voleva bene alla
persona dall'altra parte della linea. Sembrava visibilmente
presa dalla conversazione, mentre a passi veloci e decisi
con le sue scarpe décolleté preferite, attraversava un vicolo
che mesi prima era stato un cantiere. Il vicolo era stato

ripavimentato. Per un breve momento, Nora sembrava distratta. Non aveva visto la griglia di una fognatura. Il piede sinistro si bloccò bruscamente e rischiò di slogarsi una caviglia, se non fosse stato per il fatto che si ruppe il tacco della scarpa e così si risolse una situazione potenzialmente pericolosa. Una benedizione sotto mentite spoglie. «Ti richiamo», disse e chiuse la chiamata prima che un «fanculo» le uscisse dalla bocca. «Tutto bene?», chiese una signora che passava. «Certo, la donna moderna porta sempre un paio di scarpe di ricambio», rispose Nora con un sorriso smorzato e, infatti, tirò fuori un paio di scarpe dalla borsa della spesa. In realtà, dovevano essere un regalo per la sorella gemella. Proseguì per la sua strada con un passo molto più moderato. Improvvisamente, la sua attenzione venne catturata da una vetrina, in cui erano esposti occhiali eleganti. Lo spavento di prima era svanito. «Per scarpe e occhiali non si bada a spese», disse tra sé e sé ed entrò nel negozio.

LA BIOGRAFIA DI UN'OMONIMIA

C'è una persona in rete che si chiama come me. Sembra che al mio omonimo piacciano i social media.
L'idea di pubblicare il libro con il mio vero nome sarebbe paradossale. Quindi, uscirà sotto uno pseudonimo.
Il suo autore ufficiale inizierà con 0 follower in rete e 0 follower nella vita reale. Pazienza! «Nuovo progetto, nuovi occhiali.» Così mi metto nei panni di un personaggio che finora non esisteva. Per comodità, mi chiamerò come il libro. Non è facile creare parole che non si trovino ancora sul

web. Sono Fabio Cinnque. È un gioco di parole composto da un numero civico e dal nome di un fiume che attraversa la nostra città.

UNO SGUARDO ALLA COPERTINA

Nel frattempo, mi sorge qualche dubbio. A queste condizioni, sarà mai possibile coprire i costi? Alla fine, devo finanziare questo esperimento da solo. Non appena affiorano questi pensieri, do uno sguardo alla copertina e ogni incertezza svanisce.

PROFUMO PER AMBIENTE

Il profumo per ambiente «La Luna» accompagna i miei pensieri positivi. Mi dà energia e allegria per affrontare l'aspetto contabile di quest'opera, alla quale vorrei dare un'occhiata insieme a te adesso. Come sai, la realizzazione del libro è la sua storia auto-raccontata.

IL CAPITALE INIZIALE

Nel mio appartamento, in uno scrigno di legno intarsiato, si trovava una banconota da 100 euro con il numero di serie EA5953893184. Già il fatto che venga menzionato nel libro fa moltiplicare il suo valore. Quindi, la banconota è stata riposta in una cassetta di sicurezza. Estraggo l'equivalente del suo valore dal mio barattolo delle monete. Partendo da questa cifra, inizio a fare i calcoli per il mio libro da leggere in 10 minuti. Vorrei (ri)finanziare i suoi costi iniziali tramite dei prodotti di stampa. Come inizio, una soluzione molto plausibile sarebbe quella di realizzare cartoline artistiche con la copertina del libro come motivo.

…

@Rebecca
Vi auguro buon divertimento con le proposte che arriveranno e i loro tipi di finanziamento.

SULLA FILOSOFIA

Questa opera include il tentativo di attirare l'attenzione delle persone sui libri da 10 minuti. È abbastanza facile integrare la loro lettura nella vita quotidiana.

Prenditi 10 minuti del tuo tempo, vorrei condividere con te il mio pensiero.